고요의 뒤꿈치를 깨물다

시와소금 시인선 · 124

고요의 뒤꿈치를 깨물다

최영옥 시집

시와소금

▌최영옥

- 서울 출생
- 한국문인협회 강원지회 회원
- 시섬문인협회 회원
- 시공연 전문예술인
- 『강원문학』 신인문학상
- 강원여성문예경연대회 장원
- 2020년 강원문화재단 전문예술 창작지원금 수혜
- 시집 : 『고요의 뒤꿈치를 깨물다』
- 공저 : 『우리가 더딘 발걸음으로 걸어가는 것은』 외 다수
- E-mail : chviola@hanmail.net

詩

오래전 묻어 둔 씨앗들
깊이 잠들어 있다
눈뜨는
겨울 초입

가녀린 뿌리 끝
*詩*리다

2020년 11월
雲霧 휩싸인 치악을 바라보며

최 영 옥

| 차례 |

| 시인의 말 |

제1부 둥글어질 때까지

제2부 고흐, 자화상을 관통하다

제3부 밥티나무꽃 피네

제4부 노회신 무덤벽화 살아나다

제 1 부

둥글어질
때까지

백두산 천지를 바라보다

　삼대三代가 덕을 쌓고 하늘의 허락을 받아야만, 비로소 천혜의
비경을 볼 수 있다는 백두산 천지를 한참 동안 멍하니 바라보았
습니다

　살을 에이는 칼바람도, 휘몰아치는 눈보라도, 하늘의 장엄한
부름을 감히 막아서진 못하였습니다

　청잣빛 하늘 가슴 깊숙이 품고, 눈부신 은빛 날개 별처럼 돋
아난 물빛방석 위에 청청한 독경소리 내려앉고 있었습니다

　꽃무릇 속눈썹에 맺힌 투명 이슬, 붉은 눈물로 그렁그렁 차오
른 천지를 바라보다 난 그만 숨이 멎고 말았습니다

둥글어질 때까지

눈물이 둥글어질 때까지
얼마나 많은 슬픔을 견뎌내야만 했을까

슬픔이 둥글어질 때까지
얼마나 많은 눈물을 흘려야만 했을까

달빛은 둥글어질 때까지
또 얼마나 많은 그리움을 삭이고 삭여야만 했을까

저기 저 하늘 밑 어둑한 들판을 서성이다
저기 저 강둑 밑 차가운 물가를 서성이다

달빛 그리움이 수놓은 창백한
손수건 한 장 펼쳐놓고

눈물을 궁굴리는 슬픔이여!
슬픔을 궁굴리는 눈물이여!

〈

눈물 비켜선 자리마다, 슬픔 비켜선 자리마다, 말갛게 돋아난
별빛들

눈물을 끌어안기 위해
슬픔을 끌어안기 위해

밤새도록 이슬 헹구어
모가 난 가상이 뼈들을 깎아낸다

희붐한 동녘 하늘 아래서
붉은 햇귀, 둥글어질 때까지

박건호공원에서

토우土偶의 푸른 뜨락, 모닥불이 활활 타오른다

선남선녀 불가에 둥글게 둘러앉아
찬 손 녹이며 노래를 부르고 있다
우렁우렁 번지는 바알간 불길 속에서
가난한 청년 시인 흐뭇하게 웃고 있다
배부른산에서 배불리 먹지 못해 늘 배가 고팠던 그는
대처로 나가 詩 대신 노래를 먹고 살았다
무수한 입속에서 튀어나온 검은 말들
풀빛 영혼의 노래, 누름돌이 될 수 없음을
그는 알고 있었다
깊숙이 뿌리 내린 땅의 노래가 기다란 촉수 하늘로 뻗어
무쇳덩어리처럼 굳어진 붉은 상처와 까맣게 탄 마음마저도
모닥불 화인으로 봉인할 수 있음을

가슴 아린 지난날, 아슴아슴 잠드는 밤
그는 홀로 머나먼 곳 어느 별에 들어
뤼브롱 산언덕에 피어나는 어린 햇별들을 세고 있을까

묵죽도墨竹圖를 그리다

'수월水月' 낙관이 찍힌 묵죽도 한 폭 앞에 놓고
화선지를 펼칩니다
몇 해 만에 잡아보는 붓에서 은은하게 번지는 묵향,
낯익은 병풍처럼 사위를 에워쌉니다
흑黑과 백白의 경계에서 전율이 일렁입니다
화선지에 먹이 닿는 순간,
화선지는 선뜻 먹을 받아들이지 못하고
먹은 멈칫멈칫 화선지에 스며들지 못합니다
어색한 해후를 초조하게 지켜보던 붓은
서로에게서 멀어져 있던 시간만큼
서로에게서 소홀해져 있던 시간만큼
서로의 마음 읽어낼 수 있도록
대나무 줄기마다 비백을 새깁니다
갸륵한 허공을 채우는 청초한 묵향에서
흰 날개가 돋아나고 있습니다

줄을 타다

사상 유례없는 폭염 속
이글거리는 뙤약볕 아래
줄 하나에 매달려
고압 세척하는 남자
거센 물줄기에 중심 잃고
휘청거릴 때도 있지만
바람벽에 기대어
사뿐사뿐 곡예 하듯
아파트 난간 사이 비집고
해묵은 먼지를 씻어낸다
줄을 잘 잡아야 남보다
빨리 올라간다는데
하늘에선 썩은 동아줄조차
내려올 기미 없고
퀴퀴하게 절은 땀냄새
바람 한 줄기로 씻어내며
땅에서 올라간 견고한 밥줄
다시 꽉 움켜잡는 남자

벼랑 끝에 선 심정으로

허공 딛고

거미처럼 아슬아슬 줄을 탄다

묵언의 발자국 층층마다

지나간 자리

얼룩진 시간 말갛게 지워지면

오랫동안 부옇게 갇혔다

되살아나는 풍경들

하나 둘, 줄을 타고

걸어 나온다

출렁다리*

섬강과 삼산천 사이 나지막한 산등성이
허공을 가로지르는 푸른 등뼈 한줄기

바람의 키질 소리
출렁출렁 고요를 깨우면
무수한 발자국
뼈마디마다 겹겹의 꽃무늬를 수놓고

꿈속에서 꽃점 치다 눈뜬 풀잎 하나
더듬더듬 꽃잎경전을 읽는다

화려하게 피지 마라
초심을 잊지 마라
거센 바람 불 때마다 도지는
기억 저편의 통증

솜빛 닮은 사람아
빛나지 않아도 빛이 되는 사람아

〈

출렁, 제아무리 흔들거려도
바람의 시간 길지 않아
휘어진 등뼈 곧추세우고 스스로
길이 된다
길은 길을 잃지 않는다

* 원주시 지정면 간현리에 위치함.

시, 쓰다 · 1

시를 쓰다가 무엇엔가 걸려
행과 행 사이
털썩 주저앉고 말았다

시맥詩脈을 가로막는
묵직한 사유의 근육들
단단하게 뭉쳐서 좀처럼
풀리질 않는다

시가 맨 처음 내게로 와
별꽃을 심어준 게 언제였었나
가만히 기억을 더듬어 보니
어느 사이
반백 년 훌쩍 흘러가 버렸다

선무당이 사람 잡는다, 했던가
한때 시를 좀 아는 척하기도 했지만
시 쓰는 지금도
여전히 나는 시를 모른다

〈

한 원로 시인께서는
구십이 되어야 시가 무엇인지 안다*
,고 하시는데
삼십 년쯤 더 살아봐야 비로소
시를 제대로 알 수 있으려나, 그때까지
날숨 멎지 않고 살아는 있으려나
슬픔이 자꾸만 부풀어 올라
심란스러워지는 밤,

창밖에는 겨울비 내리는 소리
맵찬 바람을 뒤적이고
나는 또다시 밤을 뒤적이는데

에스프레소, 고뇌에 찬 얼굴로
추적추적
쓰디쓴 시 한 잔을 내리고 있다

* 이생진 시인 말씀.

시, 쓰다 · 2

새벽 두 시, 신의 언어를 받아 적는다고
눈 감고 참선에 들다 번쩍, 스치는 시
탯줄 한 가닥 끌어당기다
지난밤 슬피 울던 너를 생각하다
놓쳐버린 시 한 줄
방울방울 먹빛 육즙을 짜내어 다시
칸칸 채워 나가다 나도 모르는 사이
깜박 졸다 깨어나 보니
오간 데 없이 사라져버린 시
행과 행 사이가 또다시 아득히 멀어진다
시름에 잠긴 나를 내버려 두고
한 번 달아난 시는 돌아오지 않는데
그래도 혹시나 하는 마음에
익다만 사랑처럼 쓰디쓴 시를 붙잡고
조몰락거리다 보니 새벽 네 시,
수없이 허탕 치고도 시에 잠겨 있는 시간

시
참, 쓰다

쑥국새

당신이 보내주신 여린 쑥 한 바구니
시름시름 야위어가는 창백한 영혼 앞에
가온들찬빛 봄내음 파랗게 풀어 놓는 아침

갈맷빛 새떼 방안 가득 날아와
왁자한 함성으로 구들장을 쪼아댄다

쑥국,
쑥국,
쑥쑥국, 쑥국,,,,,,

어서 훌훌
털고 일어나라고

밖은 벌써
초록이 지천이라고

이천호국원 아파트

경기도 이천시 설성면 산꼭대기에
하얀 새들이 세 들어 산다

비움 끝점에 이르러 지상으로부터 날아올라
홀가분해진 한 사내의
새로운 보금자리가 된 영구 임대아파트
사내는 아직 이곳이 낯설기만 하다

동틀 무렵이면 밤이슬에 젖었던 깃털 다듬는 소리
위아래 층층마다 분주하지만 사내는
오시리스*의 주술에 취해 사경을 헤매던
옛 고향, 그 시간 속을 넘나든다

한 치의 오차도 없는 공평한 새장 속에
아침 햇살 정갈하게 스미면 일제히
태극기를 향한 경건한 묵념으로 하루를 여는 입주자들
붉은 눈시울엔 하나같이 전생에 대한 무지갯빛
그리움이 서려 있다

날숨의 낙관 뒤에는 사랑의 기억만이 영혼을 채운다는 걸
그때는 다들 알지 못했다

오늘도 어김없이 방문객들이 찾아와
새장에 갇혀 버린 그리움들을 하나, 둘 깨우다
축축해진 발길을 돌리고 다시
적막에 휩싸인 아파트 모든 불이 꺼진다
이제 잠자리에 들 시간
더듬거렸던 기억들은 말랑해지고
몸이 가벼워지는 사내 겨드랑이에 스멀스멀
해탈의 날개가 돋는다

칠흑같이 어두운 산속 아파트 천장을 뚫고 솟아오르는
환한 불빛 한줄기

* 고대 이집트에서 死者의 神으로 널리 숭배했으며, 내세를 주관하고 죽은 사람의 혼을 저울에 달아
재판한다는 선한 신이다.

말다운 말

말 같지 않은 말들
이따금 뒤통수를 친다
인간들의 세 치 혀,
얼마나 가볍고 간사한 것인가

기분 따라 제멋대로
서슬 퍼런 비수를 휘두르다
만만하다 싶으면 수위를 더 높여
포악스러워지는 검은 혀들
생사람을 잡기도 한다

세상에는
말 같지 않은 말도 많지만
정의롭고 진심 어린
참다운 말,
꿋꿋하게 살아 있어
지구 한 귀퉁이 푸른 새싹들
싱싱하게 길러낸다

〈

말다운 말
사람다운 사람을 만들고
사람다운 사람
세상다운 세상을 만든다

오늘,
그대 혀끝에서는
말다운 말 한마디
꽃처럼
아름답게 피어나고 있는가

구둣주걱

새벽 눈뜰 때마다
뒤꿈치 안아주는 설렘으로
하루를 열었다
아침 출근길
뒤꿈치 닦아주는 일이
삶의 유일한 낙이었다
백마고지 포탄 속을 누볐던 참전용사
그 위용이 뼛속까지 스민 사내
거역이나 타협 따위는 감히
꿈도 꾸지 못했다
에헴, 헛기침 소리에
알아서 납작 몸 엎드리고
평생을 하늘처럼
예-예 떠받들고 살아온
처음부터 끝까지
한 번도 하늘이었던 적이 없는
불공평한 땅의 여자,
훌쩍 생의 저편으로 건너간

무심한 발 내음을 더듬거리며
하루를 일 년같이
고요의 뒤꿈치를 깨물다
새벽녘 간신히
눈 붙이는 여자,

다 닳아버린 뒤꿈치의, 그
여자

결별

살다 보면 만났다 헤어지는 일
다반사이거늘

살다 보면 뭉쳤다 흩어지는 일
다반사이거늘

그깟 별리의 슬픔
무어 그리 대수라고
눈물 보이시는가

한 생 건너가는 동안
우연인 듯
필연인 듯
다가왔다 사라지는
얽혔다가 풀어지는
짓밟았다 짓밟히는
그런 일들 다반사인데

〈

돌고 돌고 돌다 결국엔 지쳐
다시 제자리로 돌아오는 원점에서
그 무연한 생멸生滅들
살다 보면
수없이 마주하게 될 터인데

돌아서기도 전
어찌 눈물을 보이시는가,
그대

신神들의 숲에 들다

당숲*이 빗장을 엽니다

서낭당 금줄 늑골 사이에 하도롱빛 소원 하나 접어 두고 오
솔길을 따라 오릅니다

바람이 오는 방향에서 흘러나오는 복자기나무 초록 숨결이
오래된 숲 이야기를 들려줍니다

오래전 세웠던 나라와, 오래전 살았던 사람들과, 오래전 사라
진 사랑 이야기가 청록빛으로 풀풀풀 풀려나오자 새들이 푸릇
푸릇 날아오릅니다

아마도 오래된 영혼들이 숲속을 떠돌다 떠돌다 파랑새 되어
터를 잡고 사는 것 같습니다

피안의 세계를 넘나드는 새들은 정말로 천상의 행복 누리고
있을까 고개를 갸웃거리다가 신갈나무 널찍한 이파리를 펴서
들여다봅니다

자동차도 없던 시절, 얼마나 많은 푸른 잎들이 짚신에 몸 누
이고 적멸에 들었을까 생각하다가 넉살 좋은 사위질빵 상앗빛
너스레에 그만 웃음을 터뜨립니다

뎅, 뎅, 뎅, 당숲이 벌써 빗장 걸 시각을 알립니다

이제 곤비한 영혼들이 사는 마을로 되돌아가기로 합니다

헌데, 숲을 벗어나는 길이 낯설게 느껴지는 건 왜일까요?

마음이 멈칫거리며 자꾸만 뒤를 돌아다봅니다

* 강원도 원주시 신림면 성황림(천연기념물 제93호).

가을 안부

붉은 햇살 활시위가 팽팽하다
가을 살갗이 바삭바삭 타들어 간다
바람은 계절 따라 옷을 갈아입고
나무는 바람 따라 옷을 갈아입는다
찬바람이 날을 벼리자
영혼이 말라버린 잎사귀들, 맥없이 사라진다
나무는 울지 않는다
수척해진 고요가 뿌리를 향해 눕는다
적막한 무덤가엔 하얀 구절초 소복소복 피어나
울음을 쓰다듬고
짧은 이승 길에서 맺은 서툰 인연들
무덤 속에 잠든다
기다리지 않아도 이별은 찾아오고
영靈과 육肉 갈라서는 순간, 홀연 떠나가야 할
끝날 때까지는 아직 끝나지 않은 길 위에서

첫눈, 가을 안부를 물어온다

교감

꽃 진 자리에 글썽글썽 고여 든 슬픔이
맑은 눈물을 흘리네

삶의 미로 속에서 바스락거리는 마음들
서로서로 손 내밀어 결핍을 다독이는 계절
바람의 붓끝에서 풀빛이 흐르네

꽃은 피고 지고 계절은 가고 오는 것이라고
생의 옹이마다 시큰거렸던 통점들
사위어 가는 푸른 들녘
봄의 붓끝에는 꽃빛이 고여 드네

갓 태어난 이슬처럼 순정한 눈빛으로
꽃망울 점점 부풀어 오른 당신은
슬픔의 후렴 지우고, 이제 꽃길을 열어가네

백련白蓮, 피다

희디흰 꽃잎 속 황금 술잔 차오르면

그윽한 향기 따라 일렁이는 나비 떼

달빛 한삼汗衫 휘감으며 승무를 춘다

사운대는 연잎 위에 내려앉은 바람

하늘 경전 하얗게 읽는 밤,

가만가만 별빛을 밟고 온

어둠 한 자락

공손히 두 손 모아

하얀 꽃불, 켠다

제 **2**부

고흐, 자화상을
관통하다

코발트블루 씨글라스

푸른 바다가 되고 싶었던 걸까
거친 폭풍 속으로 뛰어들어 온몸 산산이 부숴버렸다

단물만 빨아먹고 버리는 파렴치한 미물들 때문에
바다는 밤새워 그토록 짜디짠 눈물을 흘렸던 것일까

유리병 속에 핀 흑장미 한 송이도
유리병 속에 담긴 향긋한 꽃내음도
예감하지 못한 차가운 주검,
오며가면 가벼운 손끝에서 버려져
하늘 쩡쩡 울리며 파도는 분노한다

바다 깊숙이 투신했던 하늘빛 보석 한 조각

따스한 봄바다 물주름을 끌어당겨
검붉은 심장, 깊은 상처를 어루만지고 있다

날 선 기억의 껍질, 한 겹씩 벗겨내는
재활의 푸른 눈빛 시리다

고흐, 자화상을 관통하다

약속 시간이 빠듯해 허둥허둥 달려가다
교차로 신호등에 발목이 잡히고 말았다
늘 지나다니는 길목 사거리
언제 이곳에 거리미술관이 생겼는지 알 수 없지만
붙박이장처럼 벽에 붙어 꼼짝 않던 사내
가을을 타는 걸까, 오늘따라 작심한 듯
말을 걸어온다

— 어딜 그리 바삐 가시는가, 눈길 한번 줄 여유도 없이

파이프를 입에 문 채
붕대로 귀를 친친 감고 있는 사내,
광기라고는 전혀 느껴지지 않고
왠지 눈빛이 슬퍼 보이다
다시 태연해 보인다

고갱을 그리워하는 걸까
동생 테오를 그리워하는 걸까, 아니면

잘린 귀를 선물한 여인을 그리워하는 걸까

궁금증이 막 고개를 드는데, 아뿔싸
요란한 경적이 빵빵거리며 울어댄다
서둘러 사내의 정지된 시간 속을
재빠르게 관통하는 순간,

파란 하늘로 치솟아 오른 사이프러스 나무
그가 보내온 영혼의 편지를 낭독한다
밤하늘 가득
노랗게 빛나는 별빛 속에서

가지를 말리며

어제 아침
작은 텃밭에서 따온 싱싱한
가지 한 소쿠리
유난히 가지나물 좋아하는
딸아이 생각에
길쭉길쭉 쪼개어 베란다 널찍이
널어 말린다

공부하느라 타지에 나가 있어
밥은 제대로 먹고 다니는지
늘 눈에 밟히는 다 큰 딸애가
아직도 내겐
예닐곱 살 계집아이

언젠가 난생처음 보았다며
예쁘게 핀 가지꽃 사진
톡, 보내 왔을 때
지천명을 넘기고도 가지꽃 한번

제대로 본 적 없던 나는
잠시 망연했던 적 있다

장마 그친 뒤 불어오는
칠월의 풋풋한 바람
온 집안 가득 연보랏빛
꽃내음을 부려놓고
여린 속살 꼬들꼬들 말라가는
시간의 소멸 속
하나 둘 피어나는 사리꽃들
자줏빛 꽃등을 환히 켠다

돛단배

그대, 길을 잃고 헤매이는가
푸른 바다 안개 속에 외로이 반짝이는 흰 돛 하나*

가슴 깊숙한 곳 설움 묻은 촛불을 켜고
바람막이 하나 없이 망망대해 홀로 서서
희디흰 깃발 팽팽히 당겨 바람의 늑골을 가른다

짙은 해무 걷히고 나면
저기, 저 푸른 섬
찬란한 황금 깃발을 펼쳐 그대 반겨주리니

꿈꾸는 자여,
길을 잃을지라도 방향은 잃지 말라!

* 러시아 시인 미하일 유리예비치 레르몬토프의 시 「돛」에서 인용.

입춘 무렵

파랑새 한 마리

일필휘지一筆揮之

획— 긋고

날아간 자리,

요요한 난향蘭香

그득히 차오른다

고매한 난蘭꽃

어김없이 피어나는

입춘 무렵

목련꽃 아래서

그대 흰 그림자 안고
소리 없이 스미고 싶었네

구름이 하늘에 스미듯
노을이 바다에 스미듯

시름 다 버리고
부귀영화 다 버리고

그대 품에 고이고이
날개를 접은 채

그 향기에 스며들어
오래오래 머물고 싶었네

맑은 영혼이 빚은 이슬
한 방울로 목 축이고

〈
세상 모든 기쁨 다 가진 듯
세상 모든 행복 다 가진 듯

　— 훨
　　　훨

그대 떠나가기 전,

깊이깊이
꽃잠 속에 빠져들고 싶었네

치악산 · 1

그늘이 환하다

빛과 어둠 사이
존재와 부재 사이
꽃 시절은 짧기만 한데

삶의 무게에 짓눌려
허기진 사람들
시든 꽃처럼
색색의 울음 품고
산기슭을 파고들면

푸른 치마폭 펼쳐
모든 시름 감싸 안는

어둠이 깊을수록 더 깊이
뿌리를 내려 빛을 길어 올리는

치악산,
그늘이 환하다

치악산 · 2

그대를 바라보고 있으면
시린 가슴 한가득
별꽃들이 피어납니다

그대의 살가운 눈빛
시루봉 언덕 위에 불을 놓아
따스하게 세상 비출 때

교교히 흐르는 달빛
그대 이름 석 자 휘감으며
하얀 물레바퀴를 돌립니다

입석사 풍경 소리
찰방찰방
은하수에 발 담그는 밤

이 산 아래
당신 아닌 것은
아무것도 없습니다

치악산 · 3

당신인가요

하루하루 공들여 쌓아 올린
천이백팔십팔* 계단
광활한 우주 떠받치고
땅의 안부 물어오는,

붉은 햇귀 청청히 헹구고
맑은 눈동자 한가운데
장엄한 눈부처
뜨겁게 품고 있는,

첫 마음 그대로
첫 눈빛 그대로
오직 한 사람만 바라보는
듬직한 사나이

바로, 당신인가요

* 치악산 비로봉 높이 해발 1,288m.

정월, 비 내리는 거리

어지럽게 흔적들이 남아 있다

날카롭게 긁고 지나간, 뭉툭하고 두루뭉술하게 지나간, 절뚝거리며 비틀비틀 지나간 발자국들이 무수히 포개져 있다

허나, 뭐니 뭐니 해도 길 끝까지 똑바르게 걸어가 첫 마음을 지켜낸 숭엄한 발자국이 가장 빛나고 돋보인다

밟혀 버린 발자국, 뒤처져 버린 발자국, 기억 잃은 발자국들한데 모여 웅숭그리고 우는데 흔적을 지우며 지척지척 내리는 겨울비

숭엄한 발자국만 새겨놓고서 정월, 을씨년스러운 거리를 서둘러 벗어나고 있다

흥양리 마애불좌상*

치악산 입석대 지나 서북쪽
차디찬 암벽에 들어앉아
결가부좌한 사내
오랜 세월 귀 하나만 열어놓고
묵언 수행 중이다

비바람 속에서도 한결같이
연화대좌에 꼿꼿이 앉아
속세의 고뇌 어루만지며
먹먹했던 시간
어느새 천년이 흘렀던가

누군가는 복을 빌다 가고
누군가는 회한에 잠겨 울다 가고
또 누군가는 생의 짐 부려놓고
마지막 작별을 고하고 갔다

앉아서도 천리 내다보고

눈감고도 만리 밖 소문을 읽어내는
무욕의 사내, 문득
견고한 침묵을 깬다

이보시게, 나그네
힘들거든 좀 쉬었다 가게

어차피 다시 내려와야 할 길
서두르지 마시게나!

* 원주 흥양리 마애불좌상 : 강원도 유형문화재 제117호.

또다시, 폭설

하늘 밑단이 터져버렸다

펄 펄 펄
막무가내로 달려드는
흰 곰 한 마리

시리디 시린 그리움
핏빛으로 도졌는가

흰 발톱 날 세워
미친 듯이
지평선을 긁어댄다

무차별 퍼붓는 순백의 폭격

하늘빛 눈먼 사랑, 또다시
하얗게 부서지는

배반을 위한 조시

과거는 기억하지 않기로 한다
불리한 건 아는 척하지 않기로 한다

다들 그러지 않나요
나만 그런 것도 아니잖아요
양심이 밥 먹여 주나요
너무 빡빡하게 굴지 말자구요

그가 잔머리 굴리며 말 바꿀 때마다
길게 늘어진 혀에는 숭숭, 바람구멍이 뚫렸다

아직 새겨지지 않은 비릿한
혀의 비문碑文,
첫 글자에서 검은 피가 흘러내리자

팔랑팔랑 얇은 귀들은 벌써
귀에 흰 꽃을 꽂고
경쾌한 조문 봉투를 쓰기 시작한다

어느 소나무의 노래

처음부터
청송은 침엽을 꿈꾸지 않았다
솔씨였던 어린 시절
보드라운 잎새들
깃발처럼 내다 걸 부푼 꿈들이
하늘 향해 펄럭였었다
지구를 돌고 돌아
온 바다를 훑어온 짜디짠 바람과
온 대륙을 휩쓸고 온 매운 칼바람이
여린 잎새들을 갉아
퍼런 날을 서게 만들었다
부르트고 갈라진 손등으로
한 땀 한 땀 기운
시련의 시간만큼 돋아난
숱한 바늘잎들
허공도 쿡 찔러보다
한숨도 푹 쉬어보다
갓밝이 무렵 이슬 한 방울 매달고

세월을 덮었다

찬란한 아침 햇발 아래

송홧가루 금빛 꿈 다시

타오르는 어느 봄날

아리게 견뎌 온 잎샘바람

보굿꽃 조각보를 수놓고

피안을 넘나드는 흰 바람 속

노송 한 그루

고요히 사바사나* 튼다

* 사바사나 : 요가의 한 동작으로 송장 자세.

그해 여름

그해 여름은 뜨거웠네

누구도 경험해보지 못한 일
하루하루
견뎌내야만 하는 날들이
끝날 듯 끝나지 않는 날들이
검붉게 이어지던

특별한 날이 더는
특별하지 않은 날이 될 즈음
귓속을 파고든 부고 하나

허둥허둥 전에 없던 특별,
장례를 치른 뒤
마스크에 봉인된 말들
백색 비말을 따라 떠돌 때
무연한 표정으로
낯선 발자국을 찾아 나섰던

〈
그해,
여름은 뜨거웠네

뜨거워야 제맛이라고
뜨거워야 여름이라고
우겨대던

울컥울컥 눈물을 쏟아내며
숨이 턱턱 막혔던

눅눅한 저녁

　비를 흠뻑 맞고 돌아온 저녁, 마음 구석구석까지 다 젖어버려 배고픔도 잊은 채 그대로 침대에 널브러져 주검처럼 정지된 화면 속으로 들어선다 하늘도 땅도 산도 바다도 아닌 그 어느 곳엔가 나를 감금해두는 적막, 두 볼 가득 밥알을 물고 웃다가 울다가 허기진 영혼에도 밥을 욱여넣어 주는 여자, 그 몰골 우스워 킥킥 소리 내 웃으면서도 서로 눈치 보며 박수를 치지 않는 어색한 관중 멋쩍게 바라보다가, 붉은 슬픔 한 사발 훌훌 말아 들이키고

　빗살 감옥에 갇혀버린 걸까
　간신히 눈꺼풀 들어 올리다
　속 시원히 흘러내리지 못하는 눈물 향해
　돌 던지듯 엉뚱한 우문愚問 던지다
　몸을 다 말리지 못한 눅, 눅, 한 저녁

　불온한 어둠 한 장 펼쳐놓고 눈물 한 방울 짜서 널어놓는,

가을이 오면

부르지 않아도 달려오는 사람이 있습니다
보내지 않아도 떠나가는 사람이 있습니다
만나면 따스한 웃음꽃을 안겨주는 사람이 있고
만나면 차가운 눈물꽃을 안겨주는 사람이 있습니다
바라볼수록 행복을 주는 사람이 있고
바라볼수록 고통을 주는 사람이 있습니다
울울창창 이파리가 푸른 계절에는 제대로 보이지 않다가
저마다의 빛깔로 단풍 드는 계절에는 다 보이게 됩니다
내게 특별한 사람인지, 내게 아무것도 아닌 사람인지
낙엽이 지고 나면 알게 됩니다
별들이 지고 나면 알게 됩니다
마지막까지 남아 있는 잎새 하나가
마지막까지 반짝이는 별 하나가
생애 최고의 선물이라는 것을
생애 최고의 축복이라는 것을

당신이 바로 가장 고귀한 보석이라는 것을 알게 됩니다
가을이 오면,

물매화

생의 반환점을 돌고 나니
모든 이들이 다 스승으로 보인다

어떤 이는 고귀함으로
어떤 이는 비루함으로
어떤 이는 믿음으로
어떤 이는 배신으로
어떤 이는 한결같음으로
어떤 이는 변덕스러움으로
어떤 이는 선행으로
어떤 이는 악행으로
생의 깊은 맛을 알게 해 준다

단풍 곱게 물드는 길목
정갈하게 핀 물매화
새벽이슬에 몸 씻고
정화수 앞에서 치성을 드린다
쬐그만 흰 꽃잎이 하늘을 열고 있다

제 **3** 부

밥티나무꽃
피네

밥티나무꽃 피네

백목련 속절없이 떠나간 구부러진 길모퉁이
낮은 담장 위에 까치발 딛고 서서
촘촘히 얼굴 내민 진분홍빛 꽃숭어리
얼마나 마음 급했으면 꽃대 세울 틈도 없이
꽃밥부터 서둘러 안치고 있는 것일까

나 어릴 적, 담장 낮은 우리 집 세입자들
방마다 일일이 음식 나눠 돌리시던 어머니
당신 밥그릇은 썰렁하게 비어 있었네, 그때
어머니 품 넓은 치마 가득 피어나
허기를 달래주던 다홍색 꽃무늬
붉은 그리움으로 소환되는 곡우 무렵,

폭폭폭 꽃밥 끓어오르는 길모퉁이 가득 퍼지는
어머니의 구수한 밥내음, 낮은 담장 토닥이며
진홍빛 티밥꽃을 펑펑 터뜨리고 있네

선풍기

온몸이 퍼렇게 멍들었다
툭툭 불거진 혈관을 타고
마른기침 소리가 쿨럭인다
잠자리 날개처럼 여기저기 뜯겨나간 자국
설핏 흰 뼈를 드러낸다
열 받는 이들을 향하여 소신공양해 온
연둣빛 이파리들
앙상한 잎맥마다 돋지 못한 가시들이
깊숙이 박혀 있다
각을 세우지 못하는 둥근 것들
가시를 삼키며 자주 신열 앓지만
열이 내리면 다시 일어서고야 만다
오늘도 태양은 떠오르고
네 잎 클로버 날갯짓은 멈추지 않는다
심장을 겨눈 푸른 햇살, 아직
팽팽히 살아 있다

정제된 풍경

어디서 날아왔을까

우듬지에 앉은 새 한 마리

운무 휩싸인 치악산을 배경으로

산과 나 사이

우뚝 솟은 솟대 하나,

청아한 울음소리 잎잎마다

새기고 있다

풍경 소리 울리면 날아오르리

정제된 울음 하나, 입에 물고서

눈꽃승마, 구룡사 그늘에 들다

한여름, 눈꽃이 핀다. 어느 여인이 서리서리 한을 품고서 이
토록 서릿발 같은 눈꽃들을 뙤약볕 아래 뿜어대고 있는 것일까.
아닐 게야, 아닐 게야. 저 순하디순한 눈망울을 한번 쳐다봐 봐.
핏발 섰던 기억들은 아득히 지워버리고 구룡소* 휘돌아 나온
맑은 바람에 영혼을 헹궈낸 저 고결한 향기를 좀 맡아봐 봐, 그
것은

거룩한 염화시중의 미소. 애면글면 질주하는 영혼 잃은 자들
의 펄펄 끓는 열병을 위하여, 아수라의 바다에서 허우적거리는
탐욕의 노예들을 위하여, 하늘이 보낸 천상의 여인이 눈물로 피
워낸 자비의 꽃. 눈먼 자들은 모르지. 그들의 세계는 요란하고,
허황되고, 늘 끊임없이 부딪고 우기고 욱여넣어야만 직성이 풀
리는, 그들은

구룡사 뜨락을 거닐면서도 알지 못한다. 대웅전에 들어 간절
히 기도만 하면 그뿐. 눈앞에 피어 있는 꽃도, 서로의 눈 속에서
환히 빛나는 별도, 결국은 보지 못한다. 석가의 숨결이 점점 더
뜨거워질수록, 여인은 서리서리 은빛 서리꽃을 뿜어댄다. 소통일

까, 불통일까. 꽃이고 싶었고, 별이고 싶었던 당신과 나. 언제부
터였을까, 기어코

서로의 그늘에 들고자 안간힘 쓰는, 그 하이얀 몸짓은

* 치악산 구룡소.

바늘귀를 열다

이순耳順에 들면
귀가 순해진다는데
팔순 훌쩍 넘기고도
귀를 열지 않는 바늘 하나

젊은 날엔 이것저것 가리지 않고
굵은 실, 가는 실, 비단실, 무명실
무엇이든 척척
귀를 열어 꿰었었건만

나이 들수록 늘어가는 건
흰 머리와 고집뿐
듣지도 않고 막무가내로
귀 닫는 일이 잦아졌다

들어도 못 들은 척
알아도 모르는 척
좁아터진 그 속내를 알 수 없어

하릴없이 똑, 똑,
실만 끊어내는데

— 너도 늙어 봐라
    내 말 귀담아듣지 않으면 얼마나 서러운지

아뿔싸,
닫힌 귀는 바로 내 귀였다는 걸
뒤늦게야 깨달은
어느 봄날 오후

번쩍,
귀가 열린다

불협화음

사람이 그럴 수도 있지
그럴 만한 무슨 사정이 있었을 게야,
옆에서 누군가 말을 거들자
그는 머리를 긁적거리며 멋쩍게 웃었다
그 상황을 이해해줄 수는 있어도
그 행위는 용서하지 못한다,
네가 차갑게 말했다

이해는 사람의 몫
용서는 신神의 몫이니까

아무나 드나들었던 그 집
빤질빤질한 문턱은 낮았지만
그는 익숙한 제 문턱에도 자주 걸려
넘어지곤 했다 그러고도
오만의 누더기 벗어버리지 못해
알락꼬리여우원숭이 명함을 뿌려대며
날마다 낯선 거리를 떠돌았다

〈
그가 자기기만에 환멸 느끼고
뒤를 돌아보았을 때 이미,
그 자리에 너는 없었다
불길한 예감에 그가 하늘을 올려다보자
진홍빛 아우로라
먼먼 극점 속으로 아스라이
사라져 가고 있었다

남루한 그의 슬픔만 이 땅에 남겨두고

으아리꽃

도도하다
맵자하다

눈물 한 방울
나올 것 같지 않은
팔등신 미녀
사월 문턱에 걸려
보랏빛 울음
왈칵,
토해낸다

으아
으아
으아아아,

그렇게 운다
그
여자는,

숙이

중학교 때, 병치레가 잦았던 내 곁을 맴돌며 무거운 책가방을 수시로 집까지 들어다 주던 그 아이, 선한 눈빛과 눈웃음이 예뻤던

십 년쯤 지났을 때였던가, 일찍 결혼해서 아들을 두었다는 소식을 들었고 또 몇 년인가 흐른 뒤, 이혼하고 혼자 지낸다는 얘기를 들었다

특별한 관심 없이 지내다가 어느 무더운 여름날 우연히 종로 한복판에서 마주쳤을 때, 얼떨결에 지은 죄도 없이 숨어버렸던 그 아이

세월은 또 흐르고 흘러, 몇 해 전인가 오빠가 살고 있는 미국으로 영영 이민 가버렸다는 걸 알게 되었고, 왠지 모를 애틋함이 차올라 마음 편치 않았던 기억이 있다

먼 이국땅에서 좋은 사람 만나 지금은 행복하게 살고 있는지, 혹시 아프지는 않은지 안부가 궁금해지는 날, 눈이라도 펑펑 내리면

그 착한 눈빛 소복소복 떠올라 마음 한 켠이 시리다 그때 왜 뒤따라가서 다정하게 손잡아주지 못했는지, 내 무심함을 자책하며

시대사진관

오십 년 전, 큰 길가
2층 상가건물엔 그 동네에서 제일 큰
사진관 하나 있었지
우리 식구 가족사진 큼지막하게
현판처럼 걸려 있던

선남선녀 아버지와 어머니
환한 미소 뒤쪽에는 오빠랑 언니
앞쪽에는 동생과 내가
초롱초롱 빛나는 눈망울로
거리 오가는 사람들을 지켜보던

불면의 밤 이어질 때면 나는 슬며시
옛 사진 속으로 들어가
나보다 훨씬 젊은 아버지와
뱅글뱅글 기억의 궤도 따라
회전목마를 탄다

〈

다시는 볼 수 없는 아버지,
다시는 갈 수 없는 내 유년의 시대사진관,

떼를 부리다 타박타박 되돌아오는
하얀 밤길
컥컥 가슴이 미어지는데

사진관 지붕 위에 휘영청 떠 있는 보름달
먼 산만 물끄러미 바라보고 있다

Back to Burgundy*

흙냄새가 달콤함에 빠져들 무렵
붉어진 잎맥들이
부르고뉴 등줄기를 타고 일렁거렸다

쨍그랑, 수천수만 갈래로 깨어져 버린 햇살
바람은 잘게 잘게 흩어진 파편을 긁어모아
들판 어귀부터 푸른 정맥을 수혈하느라
진땀 흘리고 있었다

이별은 왜 아픔이어야만 할까
죽음은 왜 고통이어야만 할까

검은 장막에 휩싸여 몸부림치는
처절한 핏빛 울음소리가 하늘을 찔렀다

부르고뉴의 딸, 줄리엣!
붉은 바닷속으로 당당히 걸어가라
짓밟히고 으깨지고 백번 죽더라도

다시 일어나라

피노누아** 정한 눈물 속에 핀
네 영혼의 붉은 꽃,
부르고뉴 푸른 벌판을 적시며 넘실넘실
춤을 추리니

* 프랑스 영화 〈부르고뉴, 와인에서 찾은 인생〉의 원제.
** 피노누아(Pinot Noir): 섬세한 맛과 향을 지닌 부르고뉴 명품 레드 와인.

따라지

'따라라라라 라라라라아~ *'

귀에 익은 멜로디가 잠에 취해 있는 어둑한 창문을 두드린다

새벽안개 한 사발로 허기를 채우는 사내
오늘은 날이 맑으려나
간밤 내 욱신거렸던 삭신 헤살부리지 않는 아침
집을 나서는 발걸음이 모처럼 가볍다
녹록하게 살아온 지난날, 이리 채이고 저리 채이고
습관적으로 당해온 발길질에 어느 한 곳 성한 데 없는 몸
뚱이,
산송장 같은 따라지목숨
허나, 기진하지 않은 영혼 아직 깨어 있어
살아야 한다는 의지 하나로 젖 먹던 힘 끌어모아 발걸음을 옮
긴다
묵정밭에 이르러 한 움큼 한 움큼 흙을 보듬고
한 뼘씩 땅을 키워가면 새록새록 빚어지는 영롱한 사리탑
찬란한 햇살 아래 눈부시다

어느새 흙빛에 물들어버린 갈색 귀용魁蛹 한 마리
탑 속에 들어앉아 흥얼흥얼 콧노래를 부르고 있다

'따라 따라 따라라라아~'

대지의 굳은살 한 켜씩 허물어가는, 저 푸르른 알람 소리

* 베토벤 '엘리제를 위하여' 피아노멜로디의 시계 알람 소리.

허수아비 · 1

육중한 황금 들판

홀로 짊어지고

들숨과 날숨 사이

파랑새 한 마리 키우며

겨울 오기 전

천화遷化를 꿈꾸는

깡마른 저,

사내

허수아비 · 2

적막한 황금 들녘

고추잠자리 함빡

머리 위에 풀어놓고

다리 하나로 꼿꼿이 서서

천형天刑처럼

가을 앓는

눈먼 저,

사내

바람의 말

　마음이 얼키설키 엉키어 심란하다 인형 망가진 건 고쳐 쓰는
게 아니라는데 그렇다고 그냥 버리는 건 좀 야박한 것 같아 가
시나무에 연줄 걸린 듯 징징 매달려 있는 그것, 수리할 방법을
고민해보다가 일단 저편으로 밀어 놓고 산을 오른다

　앞서간 산객山客들의 온기 좇으면서 부지런히 산길로 들어서
자 훅, 감겨드는 연둣빛 신선함 나풀나풀 산문山門을 열어준다
높은 산봉우리는 짙은 안개 드리워져 잘 보이지 않았지만 앞서
거니 뒤서거니 땀 뻘뻘 흘리며 산 중턱에 오르자 굽이굽이 산등
성을 휘돌아 온 연로한 바람 한 줄기, 마음속 들여다보며 슬며
시 귀띔을 해준다

　아무리 애써봐도 헤아릴 수 없는 것들은 버리라고, 미련 없이
내다 버리라고……

　묵은 체증 가시면서 부옇던 산마루가 환해졌다

법성포

'처음처럼' 소주병이 엎어져 울던 밤, 그들이 떠났다 하늘빛
바다를 그렸던 화가와 세상다운 세상을 꿈꿨던 시인의 술잔 속
에서 불콰한 바다가 출렁거렸다

"운동경기 선수들이나 유니폼 입고 뛰는 거지, 정치판 패거리
처럼 몰려다니면서 뭣 하는 짓들인감? 비린내 풍기는 손을 슬그
머니 잡는 건 어물전 장사치들이나 하는 거여, 웃자란 것들은
다 사이비 아닌감? 이 바닥도 이제 온통 부세들 투성이구
면……"

화가는 붓을 꺾었고 시인은 원고지를 찢어발겼다 번지르르한
살집의 검푸른 바다, 수평선 너머로 길 찾아간 이들의 깊은 속내
를 알아채지 못한다 눈먼 어부들만 웅성거리고 참조기 돌아오
지 않는

예술의 꽃, 붉은 혈흔만 낭자하게 흩어져 있는

울음 일기

하르르르 벚꽃잎 흩날려 속절없이 눈꽃으로 질 때
눈이 부셔서, 울고 싶었다

우화의 날개 부러져 날아오를 수 없었을 때
눈이 붓도록, 울고 싶었다

그믐달 베어 물고 흐뭇하게 웃는 검푸른 물결 보았을 때
눈이 멀도록, 울고 싶었다

죽을 만큼 힘든 내 곁에 정작 네가 없었을 때
눈이 빠지도록, 펑펑 울고야 말았다

시화전에서

  친구들과 약속을 미루다 겨우 시간 내어 모임을 가졌다 맛깔스러운 식사와 수다, 근사한 분위기 카페에 들러 즐거운 시간을 보내고 우리는 달뜬 기분으로 산책을 나갔다 때마침 시화전 현수막이 즐비하게 늘어서 있어 꽃같이 핀 시편들을 팔랑팔랑 나비처럼 날아다니면서 천천히 구경하는데

  ― 시는 지천인데, 그림만 보이네

뒤를 돌아다보니, 백발 어르신 두 분이 서 계셨다

  ― 너도 시평詩評을 좀 해봐!

  친구들의 채근이 이어졌고 얼굴이 화끈 달아오른 난 못 들은 척 그 자리를 빠져나오며 먹은 음식이 탈이라도 난 듯 한참 동안 거북한 속을 달래야 했다

공간

시간의 누수 속을 따라
흐르다 보면
영문 모르고 일렁일 때가 있다
바람 잠들고 나면
파문은 가라앉아
흔들렸던 저마다의 사연
제자리를 찾아가고
순응하지 못한 영혼만이
홀로 깨어
바람의 뼈마디를 깎는다
더께 되어 쌓여가는
세월의 벽적
앙금 걷어낸 붉은 햇살
하늘빛 꿈숭어리 흐벅지게 키우는
저 불멸의 진공 속

봄빛,
뽀얗게 살이 오른다

제 **4** 부

노회신 무덤벽화
살아나다

반곡역

기차가 서지 않는 플랫폼에 앉아 오지 않는 사람을 기다린다

목적지에 이르지 못하고 사그라지는
늦가을 꽃빛들의 굴풋한 적요
바람의 옷깃 깊숙이 냉기 파고드는 저물녘
하늘 향해 당당하게 걸어간 하얀 발자국
나란히 두 줄기 평행선을 긋다 가뭇없이 사위고
소실점 언저리에서 길을 잃어버린 발자국
샛노랗게 주저앉아 있다
철로에 새겨진 붉은 뼛조각 입에 물고 날아오른 철새들
휘적휘적 치악산 갓머리에 올라 붉은 꽃불
활, 활, 활, 토해낸다

기억을 지워버린 가련한 검은 돌*, 철로에 덩그렇게 놓아두고
오지 않는 기차를 기다리는

* 메카의 검은 돌(al-Hajar al-Aswad).

노회신 무덤벽화* 살아나다

투명한 바람 한 줄기
시간을 거슬러
충정공 노회신 무덤벽화 안을 들여다본다

깜깜한 지하에서 수백 년 동안 잠들어 있던
석실 벽면의 사신들,
금당 송기성 화백의 청고한 붓끝에서
하나 둘 눈을 뜬다

동쪽에서는 청룡, 서쪽에서는 백호
남쪽에서는 주작, 북쪽에서는 현무
녹이 슨 묘의 문을 밀고 조심조심
걸어 나온다

고구려 고분벽화의 엄숙한 겉옷 벗어버리고
익살스러운 옷으로 가볍게 갈아입고
있으면서도 없는, 역사의 비밀을 간직한 채
알면서도 모르는 척 시치미 떼고

어둑한 성곽 안 꼭꼭 갇혀 있다

지상으로 나와 환생하는 순간, 번쩍

푸른 섬광 한 획을 긋는다

무덤 밖 세상에서 민화로 되살아난 그림들,

우렁우렁 새바람을 몰고 온다

* 2009년 원주-강릉 복선전철 공사 중 문막읍 동화리에서 발견된 충정공 노회신 무덤벽화. 조선 초기의 것으로 금당 송기성 화백이 민화기법으로 재현해 학계의 비상한 관심을 모았다.

장마

바람이 방향을 바꾸면*
시간은 꼼짝없이 풍랑의 소용돌이에
갇혀버리고 만다
빗줄기가 더욱 거세지자
댐은 수위 조절을 하지 못해 결국
둑을 허물어뜨렸다
힘없이 휩쓸려 널브러지는 꽃들
우기에는 어떻게든 견뎌야만 한다
다 지나가고 말 것이기에
찢겨진 꽃잎들의 슬픔이 그렁그렁
백의의 포말 끝에서 피어나고
어둑한 물그림자 속에서 자라난
인내의 짙푸른 속살들
생생히 빗줄기의 유린을 기억한다
이제 곧 청청한 하늘이 열리고
물의 포식 시대는 끝이 날 것이다
풀꽃 체취 흥건히 고인 대지는
풀의 유전자를 내다 널고 서둘러

몸을 말릴 것이다

푸릇푸릇 연둣빛 발아를 꿈꿀 것이다

귀 밝은 새순들은 벌써

수런수런 돋아나기 시작한다

* 약 반년 주기로 겨울철과 여름철 바람이 정반대로 바뀌는 몬순 현상.

산수유꽃 필 때면

동토에서 길어 올린 새하얀 물줄기
한 겹 한 겹 겨울나무 묵은 껍질을 씻어내자
달아오른 봄바람, 입술 한껏 부풀려
갓 부화한 병아리
살 오른 깃털을 실어나른다

따스한 봄 햇살 곱게 이식된 산수유나무
가지 끝마다 활활 산새들 꽃불을 지르고
토독, 톡 알껍질 깨고 나오는
보송보송 앳된 꽃잎들
산기슭을 노랗게 물들인다

산수유꽃 필 때면 거리마다 마을마다
알싸한 꽃내음에 취해 비틀거리는 사람들
하나 둘 노랑꽃이 된다

꽃술 한 모금 마시고
하늘 한 번 쳐다보고

나를 잊지 마세요

그해 사월, 매지호수 둑방길에는
앙증맞은 하늘색 꽃마리 지천으로 피어 있었다

호수길 따라 천천히 걷다 발길 닿은
어느 캠퍼스 젊은 시인*과
하늘과 바람과 별과 詩를 노래하다
돌아오던 까만 밤길, 은빛 유성우
찬란하게 쏟아져 내리고 있었다

스물여덟 살 청년 시인 그때 속삭였던 그 말,

'나를 잊지 마세요' **

꽃마리 부푼 꽃망울 파랗게 날아오르던
눈 시린 봄밤이었다

* 연세대 원주캠퍼스 윤동주 시비.
** 꽃마리 꽃말.

꽃이 달리는 길*

오래된 길 따라
기미 낀 담벼락 얼룩들을 지우며
화사한 꽃들이 달린다

빨강 파랑 노랑 초록 분홍
알록달록 꽃물이 든 폐타이어
동그란 품속
아늑한 꽃방을 들이고
빼꼼히 얼굴 내민 꽃망울들
팽팽한 햇살의 온기 끌어와
한 잎 한 잎
작은 꽃송이를 연다

푸른 넥타이 서류가방이 달려가고
청바지 입은 검정 책가방이 달려가고
빨간 우체통 오토바이 쌩쌩 달려가면

콘크리트 담장 시큰해진 옆구리

하얀 등고선을 타고 오르는
알싸한 사람 꽃내음,

톡, 톡, 톡,
줄을 지어 피어난다

꽃들이 달리는 그 길을 따라

* 원주시 문막읍에 조성된 길.

사천해변

칠월의 바다는 와인빛이다

이글거리는 핏빛 태양 아래
철썩거리는 흰 파도 끌어안고
바다는 몸살을 앓는다

갈매기 떼 유유히 노니는
그 바닷가
은빛 백사장엔 산호색 발자국만
옹기종기 모여 있고

바닷속으로 사라져 간
푸른 신발 한 켤레
해 저물도록 돌아오질 않는다

누군가 잔혹하게 찢어 버린
붉은 녹취록
꽃비로 흩날리는 사천해변

바다는 모래밭 하얀 등에 기대어
짙은 와인 향기를 마신다

어질어질해진 바다 위에
비틀거리는 신발 한 켤레
불콰한 그림자만 떠돌고 있다

마스크 시대

거리마다 둥둥, 마스크가 떠다녀요
전염병이 돌면서부터 패션이 달라졌어요
마스크도 유행 따라 변하나 봐요
흑백에서 컬러로, 민무늬에서 화려한 패턴으로
바뀌었거든요
외출할 때마다 꼭 챙겨야 하는
필수품이 하나 더 늘어
거울 앞에 서 있는 시간이 조금 길어졌고요
외출했다 돌아오면 반드시 세면대로 가
손부터 씻는 게 규칙이 되었어요
별일 같지 않은 별일들이
야금야금 일상을 파고들어
낯선 시간을 자꾸만 슬어 놓아요
뉴스가 웅성웅성 소란스러워지네요
또다시 어지러워져요 지끈지끈
두통이 오려나 봐요
이제 뉴스에도 마스크를 씌워야겠어요
찌-지-지-직, 뚜욱!

바이올린 켜는 남자

늦장마 지루하게 이어지는 팔월 어느 날
탄탄대로 옆 정자에 홀로 앉아
축축한 바이올린을 켜는 남자

혁신도시로 향하는 클랙슨 소리
혁신, 쾅쾅 부르짖으며 쏜살같이 달려가는데
혁신의 경계 넘어서지 못하고

감미롭다가 애절하다가 때론 격정적이었다
다시 부드럽게 풀어지며 흐느끼는 빗소리를
정성 다해 바이올린에 새기고 있다

오가는 이 아무도 없는 한적한 길가
오롯이 비의 선율에 갇혀 있는 남자
온종일 꼼짝하지 않는다

바이올린 푸른 기억을 한 방울 한 방울
수혈받고 있다는 듯이

신종 바이러스 계절에

이 패거리
저 패거리
삼삼오오 몰려다니지 말고
홀로 있으라고

이 말
저 말
달콤한 말로 엮이지 말고
침묵하라고

오늘 여기,
이 땅 위에
살아 숨 쉴 수 있음을
감사하며 살라고

신종 바이러스가 선물한
고립의 시간,

나와 마주 앉아서
내 안의 나를 들여다본다

월광 소나타

햇발 활짝 피어나 눈부신 날엔 볼 수 없다
축축하게 먹구름 드리운 날에도 만날 수 없다
걷다 쉬다 또 걷다가 쉬는 길모퉁이 어디쯤에서
넘어진 무르팍 쓰다듬던 서툰 손길 멈추고
문득 하늘을 올려다보면 그제서야 마주할 수 있으리
정결하게 흐르는 물의 낯빛과 나직하게 들리는 바람의 음성과
억겁의 시간을 덮고 덮어 따스하게 데워놓은 하늘의 선한 눈빛
살아 숨 쉬는 저 푸른 산머리 위,
달빛은 은빛 모발 나풀거리며 쉬고 있다
먹구름도 가끔은 물 먹은 깃털을 널어 말리고
햇빛도 가끔은 빛살 옆구리에 기대어 눈을 붙인다
달빛 아래 허옇게 드러난 무르팍의 멍자국
아직 가시지 않아 욱신대지만
어둠은 어둠만이 전부가 아니라는 걸
어둠 속에서도 빛은 꿈틀꿈틀 살아나고 있다는 걸
잘 알고 있는 달빛, 밤하늘 밝히며
둥그런 희망을 노래한다

고맙다, 달빛!

차향

다갈색 찻잔 속에서
푸른 바다가 출렁인다

먼 데서 전해 온
바닷바람의 분자들이 싸아하니
코끝을 간질이면

가장 낮은 곳으로부터
가장 깊은 곳으로부터
길어 올린
바다의 향기 솟아나
은은하게 몸을 푼다

빛살 비껴간
응달진 그늘 밑에서
여린 잎새들은 기억한다

맵찬 바람이

온몸을 흔들어 댈 때마다
잔뜩 깃을 세웠던 일을
잎잎을 비벼가며 서로의 몸을
닦었던 일들을

이제 풍장에 든 잎새들의 뼈마디엔
낱 잎 하나하나의 생이
아름답게 새겨져 있다

다갈색 찻잔 속에서
울창했던 잎새들의
푸른 추억이 출렁인다

끝끝내 시들지 않을
맑디맑은 향기가
오늘도 가득
찻잔을 채우며 피어나고 있다

겨울비 · 1

이 비 그치고 나면 그 노래 다시 부를 수 있을 거라고
강과 강 사이 마른 풀잎들 숨죽여 울고 있었다

기쁨이었던가, 슬픔이었던가

이리 출렁, 저리 출렁이다가 그 무엇도 이루지 못한
헛헛한 바람 한 줄기
산과 산 사이 꽁꽁 얼어붙어 있다

심연의 강바닥에 제 그림자를 가둔 빗방울,
애달픈 풀잎들의 울음을 끌어안고

툭, 툭, 툭,,,,,,
뛰어내리고 있다

겨울비 · 2

딱히 슬프지도 않은데 그냥
눈물 흐르는 날이 있다
가슴 깊숙이 묻어 둔
슬픔 한 조각
유빙 사이 떠돌다
듣는 이 없는 노래를 부르다
우우우 먹구름 몰고 오는 날

딱히 그립지도 않은데 그냥
생각나는 이름이 있다
날개 흠뻑 젖은 배추흰나비처럼
차디찬 꽃잎 아래서
붉은 꽃물에 젖어
우우우 독화살 맞고 쓰러지는 날

창밖에는 장렬하게 전사하지 못한
네가 아직 서성거리고 있다

가을 풍경

해 지는 노을 쪽 바라보며 풀잎을 어루만지면
가난한 마음 가득 차오르는 연둣빛 풀물
숫저운 손끝으로 가을 풍경을 그립니다

풀숲에 웅크리고 앉아 여릿여릿 피어 있는 풀꽃 이름
하나하나 호명하면
참나물꽃 오이풀꽃 짚신나물꽃 쑥부쟁이꽃
꽃향유꽃 장구채꽃 씀바귀꽃 개여뀌꽃

색색의 꽃들, 누구 하나 목청을 높이지 않고
제 빛깔로 예쁘게 대답합니다

각자의 위치에서 제자리를 지키는 저 순한 눈빛들
아름답게 결삭은 가을 들녘,
풀내음도 폴폴 맛깔나게 익어갑니다

촛대바위*

동해의 푸른 등줄기 가르며
우뚝 솟은
반도의 등불을 보라

아침마다 햇귀를 걸어
팽팽히 활시위를 당기는
고독한 흰 뼈
저 뜨거운 눈물을 보라

파도의 운율 따라
능파대凌波臺** 밝아 오고
바다는 하늘을 연다

태양이여, 떠올라라
촛불이여, 타올라라

훨,

훨,

훨,

* 동해시 해돋이 명소인 추암 촛대바위.
** 파랑의 침식작용으로 만들어진 라피에(암석기둥).

오녀산성*

고구려 푸른 바람소리를 듣는다

드넓은 만주 벌판 기세등등 달려온
삼족오 깃발 앞세우고
돌병풍 사잇길을 오르면

이천 년 전,
그 날의 뜨거운 함성
쩌렁쩌렁 귓전을 울리고

비류수 타고 일렁이는 청청한 물그림자
해모수 아들 주몽을 소환하여
붉은 화살,
하늘 높이 쏘아 올린다

단 한 번도 함락된 적 없는 곳
한민족 숨결 굳건히 살아 숨 쉬는
천연의 요새,

구백아흔아홉 돌계단 위를
천년의 바람
묵묵히 오르고 있다

우렁찬 말발굽 소리, 동방 아크로 폴리스 산정 위에 푸릇푸
릇 빛나고 있는

* 중국 라오닝성 환런현 오녀산에 있는 고구려 시대의 성곽.

풍경에 깃든 기다림 그리고
길 찾기

박 해 림

(시인 · 문학박사)

풍경에 깃든 기다림 그리고
길 찾기

박 해 림
(시인 · 문학박사)

　최영옥 시인의 시적 자산은 그가 가슴에 품은 풍경의 크기와 무게에 비례한다. 시집 『고요의 뒤꿈치를 깨물다』에 고루 편재된 정서의 감흥은 한곳에 머물지 않으며 끊임없이 이동한다. 그녀가 이동하는 곳마다 풍경이 펼쳐지며 그 풍경은 또 다른 세계를 보여주며 익숙한, 그러나 낯선 풍경과 무작위로 겹쳐놓는다. 일상을 일구고 가꾸는 공간에서도 풍경은 새로 시작되고 멀리 또한 가깝게 이어지면서 새로운 길을 가꾸는 여정에 놓인다. 어느 고요한 순간이 오면 놓치지 않고 꼭 껴안기도 한다.

그 속에 깃든 시적 화자와 일정한 거리두기를 하면서 팽팽한 내적 치열함 속에서 꼿꼿한, 그러나 유연한 방향 제시를 하며 귓속에 콕 박히는 조언을 해주기도 하는 것이다.

시집 『고요의 뒤꿈치를 깨물다』는 매우 다양한 시 세계를 펼쳐 보인다. 시간과 공간을 이동하며 달린다. 그중 시인의 주된 지향점으로 길 찾기가 두드러지는 것을 확인할 수 있는데 이 시집의 내적 세계를 이루는 가장 큰 무게 중심이다. 시 전편에 고루 편재된 대상과 대상, 시인과 대상, 그리고 시인과 내적 세계에서 교차하는 끊임없는 감성의 반응과 언어의 세심함, 그 어떤 풍경을 만나더라도 현실을 벗어나지 않는 자기회귀의 강한 의지를 보이는 것이 그렇다. 최영옥 시인은 지치지도 않고 시적 대상에게 투사된 각각의 세계에서 이별과 만남, 부재와 채움의 길을 열고 또 열고 있다. 아닌 척도 해보지만 속으로 끊임없이 대상을 향해 속삭이기도 하고 손을 내밀어 붙들기도 하는 것이다. 표면적으로는 감정의 미동을 그다지 느낄 수 없는 대상일지라도 시인은 바짝 다가가 품거나 따뜻하게 말을 걸고 굳이 아는 척하기도 하는 것이다. 쉬지 않고 부지런히 발걸음을 옮겨야만 눈앞의 대상이 허물을 벗고 내 안의 세계로 건너오기 때문이다. 대상에게 가까이 다가가서 일부러 귀띔하며 그 존재를 일깨우며 생명을 불어넣는 의도적 행위를 할 때는 오래 궁구하던 '자아'를 만날 수 있기를 간절히 염원하기 때문이다. 이

렇듯 일상 한가운데 시인이 만난 대상은 그 이미지만으로도 강
렬한 내적 욕구를 표출하고 있는데 이는 존재에 대한 반성과
내적 성찰에 이르는 인내의 과정을 확인함에 다름 아니다.

눈물이 둥글어질 때까지
얼마나 많은 슬픔을 견뎌내야만 했을까

슬픔이 둥글어질 때까지
얼마나 많은 눈물을 흘려야만 했을까

달빛은 둥글어질 때까지
또 얼마나 많은 그리움을 삭이고 삭여야만 했을까

저기 저 하늘 밑 어둑한 들판을 서성이다
저기 저 강둑 밑 차가운 물가를 서성이다

달빛 그리움이 수놓은 창백한
손수건 한 장 펼쳐놓고

눈물을 궁굴리는 슬픔이여!
슬픔을 궁굴리는 눈물이여!

눈물 비켜선 자리마다, 슬픔 비켜선 자리마다, 말갛게 돋아난

별빛들

눈물을 끌어안기 위해
슬픔을 끌어안기 위해

밤새도록 이슬 헹구어
모가 난 가슴이 뼈들을 깎아낸다

희붐한 동녘 하늘 아래서
붉은 햇귀, 둥글어질 때까지

—「둥글어질 때까지」 전문

대상이 감정을 견인하는 삶의 구체적 물상일 때 아이러니하게도 더욱 강렬한 구속력을 발휘한다. 감각의 진위가 불투명하고 어려울수록 더욱 절실해지고 속박의 굴레로 위협받기도 한다. 그것이 무엇이 되었든 어떠한 형상을 하고 있든 없든 우리는 그 존재를 이미 알고 있으며 동의할 수밖에 없는 것이다. 이것은 시도 때도 없이 내 삶을 내 몸을 내 주변을 떠돌며 틈이 만들어지는 순간 '나'를 옥죈다. '슬픔'이 그 대표적인 것 중 하나다. 시적 화자는 도입부에서부터 자탄한다. '눈물이 둥글어질 때까지/ 얼마나 많은 슬픔을 견뎌내야만 했을까// 슬픔이 둥글어질 때까지/ 얼마나 많은 눈물을 흘려야만 했을까' 라고. '눈물' 과 '슬픔' 은 서로 동일한 탄성을 가지고 떨어질 수 없는 동일한 세계에 머물러 있다는 것을 전제한 이 시는 '둥글다' 라는 동사에 안착한다. 둥글다는 원형의 슬픔은 '달빛은 둥글어질 때까지/ 또 얼마나 많은 그리움을 삭이고 삭여야만 했을까' 하며 '달빛' 이라는 세계로 이동한다. 그러니까 시적 화자의 소망은 '둥글어지다' 에 있는 것인데, 하지만 그것에 이르기에는 너무나 많은, 너무나 큰 절망과 절벽과 혹한을 견뎌야만 한다. 보이지 않는, 만져지지 않는 것의 시린 감정은 시적 화자의 내적 세계를 관통하여 '하늘 밑 어둑한 들판' 을 서성여야 한다. '강둑 밑 차가운 물가' 에서의 혹독한 외로움에 떨어야만 하는 것이다. 그래야만 '눈물 비켜선 자리마다, 슬픔 비켜선 자리마다, 말갛게 돋아난 별빛들' 을 만날 수 있기 때문이다. 꼭 만나야만 하는 당위를 '희붐한 동녘 하늘 아래서/ 붉은 햇귀' 에 이를 때 확인한다. 시인은 시 「둥글어질 때까지」에서 진득한 '그리움' 과 간절한 '만남' 의 필연성을 '둥글어지는 과정' 에 전적으로 둠으로써 아름다운 시적 성취를 보여주고 있다. 이제 시인은 가슴에 품은 풍경의 세계로 걷고 달리기 시작한다.

그대, 길을 잃고 헤매이는가
푸른 바다 안개 속에 외로이 반짝이는 흰 돛 하나*

가슴 깊숙한 곳 설움 묻은 촛불을 켜고
바람막이 하나 없이 망망대해 홀로 서서
희디흰 깃발 팽팽히 당겨 바람의 늑골을 가른다

짙은 해무 걷히고 나면
저기, 저 푸른 섬
찬란한 황금 깃발을 펼쳐 그대 반겨주리니

꿈꾸는 자여,
길을 잃을지라도 방향은 잃지 말라!

— 「돛단배」 전문

산다는 것은 길을 걷는 것이다. 길을 가는 것이다. 누구의 강
요에 의해서가 아니다. 내가 가고자 하기 때문이다. 그러므로
길을 간다는 것이 곧 삶을 산다는 것이며 존재를 확인하는 것
이 된다. 시 「돛단배」에서 '그대, 길을 잃고 헤매이는가'의 '그
대'는 타자인 동시에 '자아'이다. 불특정 누군가를 향해 던지
는 말인 동시에 자신을 향한 말이다. '가슴 깊숙한 곳 설움 묻
은 촛불을 켜고/ 바람막이 하나 없이 망망대해 홀로 서서/ 희
디흰 깃발 팽팽히 당겨 바람의 늑골을 가른다'에서 절절한 고
독의 향연을 본다. 누구에게도 발설하지 못한 애틋함마저 느껴

지는 것이다. 하여 '짙은 해무 걷히고 나면/ 저기, 저 푸른 섬/ 찬란한 황금 깃발을 펼쳐 그대 반겨주리니'를 만날 수 있을 것이다. 이는 시적 화자가 궁극적으로 가 닿아야 할 소망일 것이다. 그리하여 절대적인, 무슨 일이 있어도 포기하지 않아야 하고 거부할 수 없는 귀결을 가져오게 한다. '꿈꾸는 자여,/ 길을 잃을지라도 방향은 잃지 말라!' 하고 단언하며 한 발 한 발 앞으로 나아가는 것이다. 아래의 시에서도 길은 이어진다.

섬강과 삼산천 사이 나지막한 산등성이
허공을 가로지르는 푸른 등뼈 한줄기

바람의 키질 소리
출렁출렁 고요를 깨우면
무수한 발자국
뼈마디마다 겹겹의 꽃무늬를 수놓고

꿈속에서 꽃점 치다 눈뜬 풀잎 하나
더듬더듬 꽃잎경전을 읽는다

화려하게 피지 마라
초심을 잊지 마라
거센 바람 불 때마다 도지는

기억 저편의 통증

솜빛 닮은 사람아
빛나지 않아도 빛이 되는 사람아

출렁, 제아무리 흔들거려도
바람의 시간 길지 않아
휘어진 등뼈 곧추세우고 스스로
길이 된다
길은 길을 잃지 않는다

—「출렁다리」 전문

「출렁다리」는 원주시 지정면 간현리에 위치하고 있다는 부연
설명이 있으나 다리이면서 길이고 길이면서 다리인 이 시가 지
향하고 있는 것은 어느 한 방향을 이르는 길이 아니다. '섬강
과 삼산천 사이 나지막한 산등성이'에 걸쳐진 출렁다리이면서
시적 화자가 지향하고 있는 길의 이미지와 겹쳐진다. 사방 어디
나 길은 있지만 시인은 지금 바로 여기에 있다. 다리를 마구 뒤
흔드는 바람은 발걸음을 사뭇 위험에 빠뜨릴 것처럼 위태롭기
그지없다. 안전이 담보된 길이면서 동시에 끝없이 추락할 것 같
은 상황이 연출될 것만 같다. '바람의 키질 소리/ 출렁출렁 고

요를 깨우면/ 무수한 발자국/ 뼈마디마다 겹겹의 꽃무늬를 수놓고' 있음을 보는 시적 화자의 지향은 온통 길에 경도되어 있음을 알 수 있다. 출렁다리를 지나지 않으면 안 되는 극지점의 통점이 감지된다. 한발 한발 발을 내디딜 때마다 겹겹의 꽃무늬가 만들어지는 것을 보는가 하면 '더듬더듬 꽃잎경전을 읽'기도 한다.

하지만 한편으로는 결코 방심해선 안 된다는 것을 일깨운다. 바람에 흔들리고 또 흔들릴 때 위기의식에 놓인 시적 화자가 '초심을 잊지 마라' 하며 스스로를 다독이고 또 다독이며 길을 이어가는 이유는 반드시 그래야만 하기 때문이다. '출렁, 제아무리 흔들거려도/ 바람의 시간 길지 않'는다는 것을 알기 때문이며, 그리하여 '스스로 길'이 될 때 '길은 길을 잃지 않는다'는 것도 알기 때문이다. 길에 이르는 도정이 자아의 구현의 길 찾기에 중심을 이루기 때문이다.

삼대三代가 덕을 쌓고 하늘의 허락을 받아야만, 비로소 천혜의 비경을 볼 수 있다는 백두산 천지를 한참 동안 멍하니 바라보았습니다

살을 에이는 칼바람도, 휘몰아치는 눈보라도, 하늘의 장엄한 부름을 감히 막아서진 못하였습니다

청잣빛 하늘 가슴 깊숙이 품고, 눈부신 은빛 날개 별처럼 돋아
난 물빛방석 위에 청청한 독경소리 내려앉고 있었습니다

꽃무릇 속눈썹에 맺힌 투명 이슬, 붉은 눈물로 그렁그렁 차오
른 천지를 바라보다 난 그만 숨이 멎고 말았습니다

　　　　　　　　　　　—「백두산 천지를 바라보다」전문

풍경이 길을 여는 처음이자 마지막일 수 있는「백두산 천지
를 바라보다」에서 시인은 '백두산'을 마주하고 있다. 이 나라
사람이라면 누구나 한 번쯤은 꼭 오르고 싶은 신령의 산 '백
두산'은 실제로 오르면 정작 아무 말이 나오지 않는다고 한다.
'목이 막혀', '가슴이 막혀', '눈앞이 아득하여'… 등등의 표
현을 빌리지만 언어로 표현할 수 없는 압도적 경관에 짓눌리고
마는 것이다. 하지만 곧 압도적인 경관을 넘어 그 어떤 언어로
도 표현할 수 없는 솟구치는 감정에 할 말을 잃게 된다는 것이
대부분이라고 할 때 망연자실한 시인의 모습이 쉽게 감지된다.
　시인은 말한다. '삼대(三代)가 덕을 쌓고 하늘의 허락을 받아
야만, 비로소 천혜의 비경을 볼 수 있다는 백두산 천지를 한참
동안 멍하니 바라보았습니다'라고. '한참 동안'이라는 시간 개
념은 사실 필요치 않다. 무아(無我)의 시간만이 있을 뿐 존재의
자각조차 없었으리라. 그러므로 시적 화자의 모습을 짐작하기
란 어렵지 않으며 내적 변화의 변화무쌍함조차 쉽게 짐작 가능

해진다. 이 시에서 길을 열어야만 길이 나오고 길이 있어야만 길을 걸을 수 있는 길 찾기의 여정이 새롭게 열리고 있음을 알 수 있는 대목인 것이다. 자아가 가고자 하는 곳이 곧 그곳임을 시인은 안다. '살을 에이는 칼바람도, 휘몰아치는 눈보라도, 하늘의 장엄한 부름을 감히 막아서진 못하였습니다' 시적 화자의 앞에 펼쳐진 우리 민적의 정수인 백두산이라는 거봉(巨峯)은 이상인 동시에 현실이라는 것을 보여주고 확인할 수 있게 한다. 손을 뻗으면 만져질 수 있을 것만 같고, 냄새를 맡고자 해도 충분히 온몸에 전달될 수 있을 것이다. 허리를 구부려 흙을 만지거나 발끝으로 확인할 수도 있다. 그리고 천천히 걸으며 이 장엄한 현실을 온전히 내 것으로 치환할 수 있는 것이다. 시공간의 경계를 허물어뜨리는 이 현실은 그 어떤 부름이 있어야만 마주할 수 있다는 것을 확인하는 순간 시인은 천천히 내뱉는다. '청잣빛 하늘 가슴 깊숙이 품고… 꽃무릇 속눈썹에 맺힌 투명 이슬, 붉은 눈물로 그렁그렁 차오른 천지를 바라보다 난 그만 숨이 멎고 말았습니다'를. 굳이 언어로 표현할 이유가 없는 이 상황에서 그 어떤 말도 필요하지 않겠지만 분명한 것은 시인의 지난한 길 찾기의 여정임을 짐작할 수 있겠다.

　　　사상 유례없는 폭염 속
　　　이글거리는 뙤약볕 아래

줄 하나에 매달려

고압 세척하는 남자

거센 물줄기에 중심 잃고

휘청거릴 때도 있지만

바람벽에 기대어

사뿐사뿐 곡예 하듯

아파트 난간 사이 비집고

해묵은 먼지를 씻어낸다

줄을 잘 잡아야 남보다

빨리 올라간다는데

하늘에선 썩은 동아줄조차

내려올 기미 없고

퀴퀴하게 절은 땀냄새

바람 한 줄기로 씻어내며

땅에서 올라간 견고한 밥줄

다시 꽉 움켜잡는 남자

벼랑 끝에 선 심정으로

허공 딛고

거미처럼 아슬아슬 줄을 탄다

묵언의 발자국 층층마다

지나간 자리

얼룩진 시간 말갛게 지워지면

오랫동안 부옇게 갇혔다

되살아나는 풍경들

하나 둘, 줄을 타고
걸어 나온다

　　　　　　―「줄을 타다」 전문

　시인의 시선은 이제 허공을 향한다. 아파트 외벽을 타고 물
청소를 하는 '남자'를 주목한다. 이제는 익숙한 풍경이 되어버
린 아파트 외벽 청소. 새삼스러운 풍경이 아니면서도 고층 건
물에 매달려 바람에 흔들리는 위태위태한 장면은 결코 예사롭
지는 않다. 먹고 살기 위해서 선택한 직업일지라도 선뜻 희망
할 수 없는 직업이라는 것을 모르지 않으나 마치 서커스를 하
듯 줄을 늘어뜨리며 바람을 농락하는듯한 작업 모습은 경이롭
기까지 하다. '이 일은 아무나 하지 못한다'라고 할 때 특별한
이유로 선택된 사람만 하는 것이라고 해도 믿을 수밖에 없다.
그것은 쉽게 선택할 수 없는 특별한 길임에는 틀림 없기 때문이
다. 그러니 시적 화자로하여금 '나'의 발밑을 새삼 돌아보게 하
는 대상임엔 틀림없다.
　외벽 청소를 하는 시점은 '사상 유례없는 폭염 속'이다. 숨
이 턱에 차오를 것이고 집중 또한 문제될 만하다. 그 와중에도
'줄 하나에 매달려/ 고압 세척하는 남자'는 '바람벽에 기대어/
사뿐사뿐 곡예 하듯/ 아파트 난간 사이 비집고/ 해묵은 먼지를

씻어' 내고 있다. 거센 물줄기에 위험한 순간을 넘겨야 하지만 곡예사라도 된 듯한 작업의 모습에서 아찔한 심경이다. 고층의, 허공의 풍경에서 시적 화자는 새삼 '길'을 보았다. '줄을 잘 잡아야 남보다/ 빨리 올라간다는데/ 하늘에선 썩은 동아줄조차/ 내려올 기미 없'다. 산다는 것은 오직 앞으로 길을 가야만 하는 것이다. 누구의 강요가 아닌 나의 선택이어야 한다. 하지만 그 길이 너무나 험난하다. 아무런 배경이 없는, 허공이라는 낭떠러지와도 같은 무한의 배경에 앉힌 '고압 세척하는 남자'의 길을 보면서 시적 화자는 마음을 쓸어내린다. '땅에서 올라간 견고한 밥줄'을 '다시 꽉 움켜잡는 남자'는 '벼랑 끝에 선 심정으로' 마냥 허공에서 춤추듯 매달려 일을 하고 있는 것을 본다. 한 삶의 풍경을 무연히 바라보며 '얼룩진 시간 말갛게 지워지면/ 오랫동안 부옇게 갇혔다/ 되살아나는 풍경들/ 하나 둘, 줄을 타고/ 걸어 나'오는 것이 예사롭지 않다는 것을 안다. 그러므로 시간과 공간 그리고 풍경에 잇대인 길을 더듬어낼 수밖에 없을 것이다. 땅에서나 허공에서나 길은 징하게 놓여 있다. 그 길은 되돌릴 수 없는 이미 선택 되어진 길이면서 동시에 스스로 찾아 나선 길이라는 것을. 길은 다시 길을 만들어낸다. 아래의 길은 꽃길이다.

오래된 길 따라
기미 낀 담벼락 얼룩들을 지우며
화사한 꽃들이 달린다

빨강 파랑 노랑 초록 분홍
알록달록 꽃물이 든 폐타이어
동그란 품속
아늑한 꽃방을 들이고
빼꼼히 얼굴 내민 꽃망울들
팽팽한 햇살의 온기 끌어와
한 잎 한 잎
작은 꽃송이를 연다

푸른 넥타이 서류가방이 달려가고
청바지 입은 검정 책가방이 달려가고
빨간 우체통 오토바이 쌩쌩 달려가면

콘크리트 담장 시큰해진 옆구리
하얀 등고선을 타고 오르는
알싸한 사람 꽃내음,

톡, 톡, 톡,
줄을 지어 피어난다

꽃들이 달리는 그 길을 따라

— 「꽃이 달리는 길」 전문

이 시는 각주의 설명처럼 '원주시 문막읍에 조성된 길'을 따라 시 세계가 펼쳐지고 있다. 전편이 밝고 경쾌하며 생동감이 넘친다. '오래된 길'을 따라가면 '꽃들'이 달리는 것을 볼 수 있다는 시인의 안내는 도입부에서부터 경쾌하고 활발하다. '오래된 길 따라' 기미 낀 담벼락 얼룩들을 지우며 '화사한 꽃들이 달린다'로 시작되는 시를 따라가다 보면 마치 실사처럼 꽃길이 활짝 열리는 것을 보게 된다. '빨강 파랑 노랑 초록 분홍/ 알록달록 꽃물이 든 폐타이어/ 동그란 품속'에도 온통 꽃이다. 벽을 가득 채운 꽃길을 달리다 보면 사람이 꽃이 되는 것이다. '푸른 넥타이 서류가방이 달려가고/ 청바지 입은 검정 책가방이 달려가고/ 빨간 우체통 오토바이 쌩쌩 달려가면// 콘크리트 담장 시큰해진 옆구리/ 하얀 등고선을 타고 오르는/ 알싸한 사람 꽃내음'이 길에 넘친다.

이 시의 강점은 꽃만이 꽃인 줄 알았는데 사람이 꽃이라는 것을 일깨워준 것에 있다. 그 꽃은 '콘크리트 담장 시큰해진 옆구리/ 하얀 등고선을 타고 오르는/ 알싸한 사람 꽃내음'에서 비롯되고 있음을 환하게 열어 보인다. 오랜 세월을 거치며 조성된 꽃길은 실은 사람의 길이었으며 사람이 꽃인 향기 가득한 삶의 길이었음을 시인은 강조하고 있다. 오래된 것은 낡은 것이 아니다. 다지고 또 다져 굳건해진 끈질긴 삶의 길이며, 절대 지지 않는 생명의 길이라는 것을. 누군가 걷고 달리는 길은 진작 꽃이 뿌리내린 길이며, 동시에 사람이 꽃인 우리 모두의 삶의 길이라는 것을 시인은 따뜻하게 보여주고자 했다. 시인이 걷고자 하는 길 역시 그러할 것이다. 그 속에 품은 상처나 흔들림은 굳이 내보일 필요가 없다. 길이 꽃이지 않은가. 길이 사람이지 않은가.

딱히 슬프지도 않은데 그냥
눈물 흐르는 날이 있다
가슴 깊숙이 묻어 둔
슬픔 한 조각
유빙 사이 떠돌다
듣는 이 없는 노래를 부르다
우우우 먹구름 몰고 오는 날

딱히 그립지도 않은데 그냥
생각나는 이름이 있다
날개 흠뻑 젖은 배추흰나비처럼
차디찬 꽃잎 아래서

붉은 꽃물에 젖어
우우우 독화살 맞고 쓰러지는 날

창밖에는 장렬하게 전사하지 못한
네가 아직 서성거리고 있다

— 「겨울비 · 2」 전문

일상은 많은 잎과 뿌리를 품고 있다. 키우지 않아도 저절로 자라고 저절로 스러지기도 한다. 저절로 절뚝거리며 다시 일어나기도 하는 것이다. '딱히 슬프지도 않은데 그냥/ 눈물 흐르는 날이 있다'라고 시적 화자는 말한다. 슬퍼야 눈물이 나는 것인지, 눈물이 나서 슬픈 것인지는 모를 일이지만 슬픔과 눈물의 거리는 그리 멀지 않다. 동전의 앞뒤와도 같을지 모른다. 뗄 수 없는 이 관계의 지형도는 그리 복잡하지도 않다. 꼭 원인이 있어야 결과가 있는 것은 아니라는, 뭐 그런 것도 삶의 한 과정이라면 시 「겨울비 · 2」는 이에 해당하겠다. '가슴 깊숙이 묻어 둔/ 슬픔 한 조각'이 '유빙 사이 떠돌'고 있는 것을 보더라도 다음 순간 어떠한 일들이 진행될 것인가에 대한 짐작은 어렵지 않은 것이다. 그것은 둘째 연의 '딱히 그립지도 않은 그냥/ 생각나는 이름'과 병치되면서 하강의 국면을 열어놓고 있다. '딱히 슬프지도 않은데', '딱히 그립지도 않은데' 끝내

'먹구름 몰고 오'거나, '독화살 맞'고 쓰러지고 마는 것은 애써 슬프지 않으려고 발버둥치는 시적 자아의 안간힘을 확인하게 한다. 통점을 느낀 시인은 멀리서 가까이서 서로 마주 본다. '창밖에는 장렬하게 전사하지 못한/ 네가 아직 서성거리고 있/으므로.' 하지만 그대로 주저않을 수 없기에 기어이 일어나야만 한다. 반드시 가야할 길이 있기에 그럴 수밖에 없다. 긍정과 부정, 부정과 긍정의 겹침이 서로 어긋나면서 하나의 길을 만나게 되는 것이다. 이 시에서 시인의 길 찾기는 표면적으로 드러나지 않으면서도 곳곳에 그 단서가 숨겨져 있다. 걸음을 옮길 때마다 나를 지나친 내가 보이고 그 뒤를 붙좇는 또 다른 나를 만날 수 있다.

이순耳順에 들면
귀가 순해진다는데
팔순 훌쩍 넘기고도
귀를 열지 않는 바늘 하나

젊은 날엔 이것저것 가리지 않고
굵은 실, 가는 실, 비단실, 무명실
무엇이든 척척
귀를 열어 꿰었었건만

나이 들수록 늘어가는 건
흰 머리와 고집뿐
듣지도 않고 막무가내로
귀 닫는 일이 잦아졌다

들어도 못 들은 척
알아도 모르는 척
좁아터진 그 속내를 알 수 없어
하릴없이 똑, 똑,
실만 끊어내는데

— 너도 늙어 봐라
　　내 말 귀담아듣지 않으면 얼마나 서러운지

아뿔싸,
닫힌 귀는 바로 내 귀였다는 걸
뒤늦게야 깨달은
어느 봄날 오후

번쩍,
귀가 열린다

　　　　　　　　— 「바늘귀를 열다」 전문

시인의 길 찾기는 이제 빠르게 흘러간다. 걷고 또 걸어왔던 삶의 풍경은 멀리 펼쳐졌다가 한순간 눈앞으로 이동한다. 풍경 속으로 흘러간 길이 멀어졌다가 필름처럼 되감겨온다. '이순(耳順)에 들면/ 귀가 순해진다는데/ 팔순 훌쩍 넘기고도/ 귀를 열지 않는 바늘 하나'에 시선을 고정시킨 시적 화자는 '바늘'이라는 풍경을 놓고 많은 생각에 잠긴다. 시간이 교차하고 걸음이 교차하고 그 사이로 바늘이 교차하지만, 이 모든 것이 너무 생경하다. 오래된 '바늘'은 여든이라는 나이를 먹었다. 그래서인지 귀를 열지 않는다. 귀가 생명인데 그 생명이 다한 것인지 귀를 닫고 있는 것이다. 바늘귀가 더 이상 열려 있지 않다는 것에서 시적 화자의 시간은 공간을 이동하면서 한탄한다. '젊은 날엔 이것저것 가리지 않고/ 굵은 실, 가는 실, 비단실, 무명실/ 무엇이든 척척/ 귀를 열어 꿰었었건만' 귀를 닫음으로써 길이 보이지 않는 것이다. 길이 끊어진 것이다. 절망한 시적 화자는 어쩔 수 없이 자신을 탓한다. '나이 들수록 늘어가는 건/ 흰머리와 고집뿐'이라는 것을 인정해야 한다. 자탄은 계속 이어지고 마음은 점점 무거워진다. 그 많은 시간이 흐르는 동안 일어난 엄청난 변화는 '닫다'이니 말이다. 이제는 '듣지도 않고 막무가내로/ 귀 닫는 일이 잦아'지고 있다는 사실을, 이 현실을 인정해야만 하는 것이다. 이 상황은 어떻게 해도 벗어날 수 없기 때문이다.

시 「바늘귀를 열다」는 바로 여기에 매력이 있다. 시인은 바늘귀와 눈과의 대립적 상황을 그냥 지나치지 않고 '바늘귀와 시적 화자의 귀' 라는 대립적 구도로 끌어감으로써 이 시의 갈등 구조를 극대화하고 있다. 그 길이 어디든 끊임없이 길을 찾아가는 시인이지 않은가. '바늘귀' 라는 대상을 의인화함으로써 시적 화자가 추구하는 길의 의미를 확장하고 증폭시키는 것 또한 마다하지 않는다. '들어도 못 들은 척/ 알아도 모르는 척/ 좁아터진 그 속내를 알 수 없어/ 하릴없이 똑, 똑,/ 실만 끊어내는데…아뿔싸, 닫힌 귀는 바로 내 귀였다는 걸' 알게 된다. 반성적 자아는 눈앞 현실을 직시하게 된 것이다. 그간 살아온 길을 질책함으로써 오늘 이 순간 내 앞에 놓인 길이 어제의 길이 아니라는 것을 발견한 것이다.

최영옥 시인의 시편은 대체로 맑고 깨끗하다. 유려한 시적 세계가 현실을 있는 그대로 반영하면서 그녀가 꿈꾸는 이상 세계를 가감 없이 펼쳐 보이기도 한다. '하르르르 벚꽃잎 흩날려 속절없이 눈꽃으로 질 때/ 눈이 부셔서, 울고 싶었다// 우화의 날개 부러져 날아오를 수 없었을 때/눈이 붓도록, 울고 싶었다(「울음 일기」부분)에서처럼 따뜻하고도 애틋한 서정적인 세계를 구현하는가하면 '해지는 노을 쪽 바라보며 풀잎을 어루만지면/ 가난한 마음 가득 차오르는 연둣빛 풀물/ 숫저운 손끝으로 가을 풍경을 그립니다(「가을 풍경」부분)에서처럼 시편 곳곳에서 풍경에 깃든 시인의 내면을 자연에 투사시키며 우주적 친

화력의 보편적 정서를 펼쳐 보이기도 한다. 일관되고 지속적으로 추구한 시인의 길 찾기는 이러한 자연서정의 풍경에 깃든 자아를 끊임없이 확인하는 지난한 작업이 있었기에 더욱 남다른 의미를 갖는다 할 것이다.

시와소금 시인선 124

고요의 뒤꿈치를 깨물다

ⓒ최영옥, 2020, printed in Seoul, Korea

초판 1쇄 인쇄 2020년 11월 30일
초판 1쇄 발행 2020년 12월 05일

지은이 최영옥
펴낸이 임세한
디자인 유재미 정지은
펴낸곳 시와소금
등록번호 제424호
등록일자 2014년 01월 28일
발행 강원도 춘천시 충혼길20번길 4, 1층 (우-24436)
편집 서울특별시 중구 퇴계로50길 43-7 (우-04618)
전화 (033)251-1195, 010-5211-1195
이메일 sisogum@hanmail.net
다음카페 hppt://cafe.daum.net/poemundertree

ISBN 979-11-6325-026-5 03810
값 10,000원

* 이 책의 내용의 전부 또는 일부를 재사용하려면 반드시 저작권자와
  시와소금 양측의 동의를 받아야 합니다.
* 잘못된 책은 교환해 드립니다.
* 이 책의 국립중앙도서관 출판도서목록(CIP)은 서지정보유통지원시스템
  홈페이지(http://seoji.nl.go.kr)와 국가자료공동목록시스템에서 이용하실
  수 있습니다. (CIP제어번호 : 2020048039)

· 이 시집은 강원도, 강원문화재단 후원으로 발간되었습니다.